Serge Ferraresi

Envolées perdues

I0564410

Serge Ferraresi

Envolées perdues

Éditions Muse

Impressum / Mentions légales
Bibliografische Information der Deutschen Nationalbibliothek: Die Deutsche Nationalbibliothek verzeichnet diese Publikation in der Deutschen Nationalbibliografie; detaillierte bibliografische Daten sind im Internet über http://dnb.d-nb.de abrufbar.
Alle in diesem Buch genannten Marken und Produktnamen unterliegen warenzeichen-, marken- oder patentrechtlichem Schutz bzw. sind Warenzeichen oder eingetragene Warenzeichen der jeweiligen Inhaber. Die Wiedergabe von Marken, Produktnamen, Gebrauchsnamen, Handelsnamen, Warenbezeichnungen u.s.w. in diesem Werk berechtigt auch ohne besondere Kennzeichnung nicht zu der Annahme, dass solche Namen im Sinne der Warenzeichen- und Markenschutzgesetzgebung als frei zu betrachten wären und daher von jedermann benutzt werden dürften.

Information bibliographique publiée par la Deutsche Nationalbibliothek: La Deutsche Nationalbibliothek inscrit cette publication à la Deutsche Nationalbibliografie; des données bibliographiques détaillées sont disponibles sur internet à l'adresse http://dnb.d-nb.de.
Toutes marques et noms de produits mentionnés dans ce livre demeurent sous la protection des marques, des marques déposées et des brevets, et sont des marques ou des marques déposées de leurs détenteurs respectifs. L'utilisation des marques, noms de produits, noms communs, noms commerciaux, descriptions de produits, etc, même sans qu'ils soient mentionnés de façon particulière dans ce livre ne signifie en aucune façon que ces noms peuvent être utilisés sans restriction à l'égard de la législation pour la protection des marques et des marques déposées et pourraient donc être utilisés par quiconque.

Coverbild / Photo de couverture: www.ingimage.com

Verlag / Editeur:
Éditions Muse
ist ein Imprint der / est une marque déposée de
OmniScriptum GmbH & Co. KG
Heinrich-Böcking-Str. 6-8, 66121 Saarbrücken, Deutschland / Allemagne
Email: info@editions-muse.com

Herstellung: siehe letzte Seite /
Impression: voir la dernière page
ISBN: 978-3-639-63593-5

Envolées perdues

Adieu Beau Cheval Noir

Adieu Beau Cheval Noir.

Tu galopes le long de la prairie
au gré de tes folles allurées.
Ton bonheur ne peut être plus complet
sans courir sur la poussière.

Courir sur la poussière ?

Piétine plutôt mon corps.
Ecrase tous les corps ;
des corps blessés à mort.
par la démence des gens.

L'aliénation du monde.

Imagination de la planète éloignée.
A l'infini du système.
Assistance d'êtres ou de ne pas être.
Servitude de la drogue indispensable.

Miséricorde de l'esclavage.

Etre assujetti aux
confins de l'origine.
Délivrance suprême
sur l'astre de la liberté.

Adieu Beau Cheval Noir.
Je reviens vers toi.
Je ressens tes joyeuses galopades.
Tu respires cette liberté.
Tu enivres l'air de cette soif.

Soif d'être libre !
Mais que retrouve-t-on ici ?
Toujours la même obsession.
Négrier des temps modernes.
Le désir d'un au-delà.

Captif du non-retour.

Renaître aux prémices de la vie.
Oublier le servage.
Acceptation du pouvoir ?
Sentir naître une envie ?

A l'envie de foutre le camp !!

Mais .... où donc ?

Adieu Beau Cheval Noir
La petite fille en blanc te regarde.
Aide là

Libreville 28.08.1975

<u>Achat / Vente</u>

De l'amour
    J'ai acheté

Du ciel
    J'ai acheté

Du sang
    J'ai acheté

Du pain
    J'ai acheté

Mon âme
    J'ai vendu

Cully 02.04.1980

Pour un amour inconnu

Tes beaux yeux sont fermés.
Reste longtemps ainsi,
sans les ouvrir,
dans cette pose nonchalante.
Ils diffusent tout l'amour
que tu portes en toi.

Au dehors, la pluie qui tombe
ne se taira qu'au matin.
Elle entretien doucement l'extase
où l'amour m'a plongé cette nuit.

Oh ! toi que la nuit rend si belle,
qu'il m'est doux, penché sur tes seins,
d'écouter ton souffle régulier
qui embaume la chambre encensée
par ton corps au parfum féerique.

Arbres, ciel, lune,
fleurs, univers, soleil,
vous qui frémissez tout autour,
votre joie, pure,
est le reflet de mon amour.

Je t'aime, amour inconnu.

Ankara, février 1982

A quoi servent les touffes

Elle me serrait

Elle me serrait

Elle me serrait
jusqu'à l'étouffer

Athènes, 01.07.1973

Baisouillées

Dans ton sexe rêve
le feu ardent de l'amour.
Ma queue caresse les lèvres
de ton sexe aux mille feux.

Le te lisse
Je te lisse
Je te lime
Je te lime
Je te baise
Je te baise

Mon sperme se répand
en ton vagin ouvert.
Nos corps se rencontrent
dans la fraternité mutuelle.

Tu te laisse
Tu te laisses
faire
faire
Tu te laisse
Tu te laisses
aller
aller

Mon souvenir s'étend
sur les plaines de ton ventre.
Ton ventre qui se replie
sur l'épanouissement.
Ma lune
Ta lune
Tes seins
s'éveillent
aux éloges

de nos sens.
Plaisirs
Sperme
Clitoris
Sueurs de
la jouissance.
Fantasmes.

Appelle ta mère.
Ta mère céleste
t'appelle.
Tu peux crier.
Tu peux hurler
au privilège.

Les Saints
ne sauraient
atténuer
tes appels
de naïade.

Ton trou.
Ma verge,
épanouie,
droite, la regarde.
S'en approche,
l'attend.
La pénètre.

Gonflé dans l'espoir
d'y souffrir à
la lueur de la joie.
L'orifice pleinement
ouvert transpire
de la giclée prochaine.
L'orifice pleinement
ouvert suspend
ses lèvres à la
giclée profonde.

Désir.
Semence.
Cul.
Sauce.
La réunion
d'êtres
baiseurs.

La salle de séjour.
Un divan.
Là où....
Les jambes écartées,
le sexe ouvert,
Tu/Elle attend.

La salle de sept jours
Un dix vint.
Là où....
Nu,
les jambes,
le sexe grandissant,
Je/Je l'attends.

Baisons.
Baisons.
Forniquons.
Forniquons.
Jouissons.
Jouissons.
Suçons.
Suçons.
Léchons.
Léchons.
Tu me penses.
Je te pense.
Tu pourchasses
mon ombre.
Et mon ombre
te pénètre.
Dans les profondeurs

des couloirs
qui te sillonnent,
j'asperge.
Tu reçois.
Jouissante.
En criant.
En hurlant.
Nos cœurs
s'enflamment.
Nos flammes
sans cœurs.
Tes plaintes.
De l'extase.
Ma volupté.
Dans la débauche.
Nocturne.
Libertine.

Eros,
lui-même,
ne peut
venir
te calmer.
T'empêcher
de gémir.

Tes jambes,
fines,
attendent
la venue
de mes mains.

Les effleurer,
suffisent
à réveiller
en toi
des souvenirs.

Tu mouilles.

Je reçois
ton liquide
en pleine
bouche.
Sexty.
Nine.
En pleine
bouche.
Et,
j'apprécie.

J'aime,
comme
Toi
Tu Aimes

Tes lèvres,
dominantes.
Mon sexe,
droit.

Je lèche.
Tu suces.
Ta chatte.
Ma verge.
Nos liquides
mélangés
s'aiment.
Eve
aussi.
Adam
aussi
l'ont fait.
Comme
Nous
Le
Faisons

Ton ventre se réjouit
de mon liquide

collant.
Je jouis à travers
tes seins
pour polir
les cambrures
de tes hanches.

Ton canal,
grâce
à mon sexe
se laisse
explorer.

Souterrain.
Underground.
Mais. Trop.
Non !!

Sus !
Sus !
Au con
espérant la gifle
attendue.
Sus !
Sus !
A la verge
brandissant
son emblème
spermant.

(Ce père ment)

Hier, l'univers fût somptueux.

Vevey, 07.01.1981

Cinq ans

Cinq ans, c'est long.
Surtout si l'on songe que l'on
est cruellement seule.
Ce soir, il revient enfin.

Ah ! Pouvoir à nouveau effleurer
ses cheveux soyeux et bouclés.
Pour, pour la vie, embrasser
sa bouche de baisers enivrants.
Pouvoir inlassablement parcourir
son corps avec des mains candides.
Pouvoir caresser, voluptueusement,
ses jambes, longues et fines.

Entendre ses pas résonner
dans la nuit fraîche et étoilée.
Percevoir son cœur battre
aux rythmes des rêves.
Ne pas oser regarder
au travers de la fenêtre.
Ce soir, il est revenu.

Il est là.
Son ami le pousse.
Il revient de la guerre.
La chaise roulante.
Vision horrible.

Les deux jambes.
Absentes.
Les deux jambes.
Amputées.

Bülach, Septembre 1969

13

Collection privée

Tout d'abord.
Je commencerais par les pieds.
Ce sont les éléments
les moins intéressant de vue esthétique
du corps humain.
(sauf pour les fétichistes)
Puis, je remonterais
toujours plus haut
dans la découverte
de ton anatomie.
Tout y passera,
bien sûr.
Le plus dur sera
de planter la pique
de la broche au milieu
de toutes les parties
convoitées.
Finalement.
J'encadrerais
ce qui te sert
de garniture
et qui pousse
entre les jambes.
Je pendrais ce tableau
en Y à côté des photos
des charniers de guere.

Cully, 28.03.1980

Cours, court

J'ai caressé la peau
d'une femme qui s'est
donnée à mon âme.

Mon âme, aussi cruelle,
soit-elle, n'a pas
su garder les caresses
de son regard

Gillam, 10.05.1979

Délivrances

J'ai erré depuis longtemps
dans une velléité de vie.

Et voici enfin arrivé le moment
de ma lente et pénible agonie.

Le murs lugubres de ma chambre
reflètent avec exactitude la morosité,
tel le mois de décembre,
d'un monde imprégné de méchanceté.

Etendu sur mon lit funèbre.

Le tube de somnifère espère sur le plancher.

Les ténèbres m'ont ouverts peur portes.

Prilly 1973

Dernière nuit

Tous les soirs, ils s'endormaient.
Un dernier baiser;
Souhait d'une bonne nuit.

Il rêvait du soleil d'Afrique.
Elle gémissait à la liberté
Quelquefois, la pleine lune
les laissait songer, ensemble
....à la réalité.

D'autres soirs, ils s'endormaient.
Pas de baisers;
Souhait d'une mauvaise nuit.

Il rêvait du froid canadien.
Elle, fantasme de sa jeunesse.
Et, malgré tout, la réalité
ne les sauvait pas du
désespoir de la solitude.

Un soir, l'un deux
s'est endormi, seul.
L'autre rêvait toujours,
perdu dans la
profondeur
de l'infortune.

Un soir, l'un deux s'est
endormi, à jamais seul.
L'autre l'a suivi.
L'un rêvait de bonheur.
L'autre. Aussi. Peut être

Long Spruce, 06.12.1978

Destins

Rester allongé ainsi dans la terreur
Sentir son corps battre de toute son entité
Savoir qu'il va venir me chercher,
me saisir de sa grosse main velue.
Et sans avoir pu réagir, impuissant,
je me retrouve dans la poche de sa veste
et me balance au rythme de ses pas
craignant le pire des malheurs,
redoutant l'humiliation profonde.

Puis, plus rien. Le néant.
Animé par une force supérieure
je pénètre subitement
dans la chair humaine
et en ressors l'instant d'après,
la lame sanguinolente.

Je ne suis qu'un pauvre couteau.
Que le monde veuille bien me pardonner.
Ce n'est point de ma faute.
A chacun son destin.

Londres, 10.09.1972

Elle n'est plus revenue

Hier,
    J'ai acheté du lait.

Hier,
    J'ai ramassé de l'herbe.

Hier,
J'ai revu Mr. Seguin.

Hier,
J'ai cassé sa chaîne.

Elle n'est plus revenue

Toronto, 24.09.1978

Envolées russes...et les autres

Vous avez creusé,
jour et nuit,
pendant
des années.
Lorsque le trou
atteint
une dimension
satisfaisante.
Vous les y avez
poussé.

''Merci,
Messieurs,
Merci''

Aujourd'hui,
ils sont libres

''Merci,
Messieurs,
Merci.
Bientôt.
Nous serons
enfin libres''
''Libres
de ne plus l'être''

Et
Ensuite
Le
Napalm.

Cully, 12.02.1980

Music / Part one

Que tu sois folk
Que tu sois pop
Que tu sois blues
Que tu sois rock

Que tu sois Woody, Bob, Laedbelly
Que tu sois Jim, Van, Jimi
Que tu sois Eric, Al, Stevie
Que tu sois Bruce, Neil, Mike

Que tu sois la lumière
Que tu sois l'espoir
Que tu sois tout ce que j'aime
Que tu sois tout ce qui m'apporte le bonheur
Qui que tu sois...

      Merci !

                                    Lisbonne, août 1975

Music / Part two

Servir la cause de
ceux que tu as aimé
n'a pas soulagé
la destinée que tu
désirais ardemment.
Un arbre a stoppé
ton œuvre géniale

James Dean

Tu baignais dans
l'overdose de la piscine
lorsque les saints
des paradis artificiels
t'ont rappelé à eux.

Brian Jones

Et pour quelques bouteilles
de Whisky de plus
tu chantes ton blues
pour les âmes perdues
d'un autre système
solaire.

Janis Joplin

Alors que dans
ton sommeil,

allongé sous un arbre,
ton harmonica
entre les lèvres,
tu rêvais d'un monde
d'amour et de paix,
la mort a inondé ton
sac de couchage et
t'a aidé à t'endormir
à jamais.

Al Wilson

Music / Part three

La lumière de ton feu
annonçait
The End.
Le Roi Lézard
a remis sa carapace.
Paris. Le Père Lachaise.
Dans la baignoire,
ton vomis a fait
l'amour avec l'eau.
Et Paméla te
pleure toujours.

Jim Morisson

Les médicaments n'ont
pu remplacer ta guitare.
On t'a retrouvé, un soir,
mort dans ta cambre.
les médicaments ne
remplaceront jamais
ta guitare, ni ton âme.

Jimi Hendrix

Un avion s'écrase.
Le plus grand chanteur
de Rhytm and blues
disparaît avec.
''Try a little tenderess''
''Respect''

Otis Redding

Guitare.
Harmonica.
Folk. Chanteur. Vagabond.
Grannd troubadour.
"This land is your land"
This machin kills fascists"

Woody Guthrie
(Bound of glory)

Tu es le plus grand bluesman
de cette terre.
Le mari de cette femme
ne l'a pas compris ainsi.
Tu t'en es allé, isolé
et abandonné au
bord d'une route.
"Me and my devil blues"
"Come on in my kitchen"

Robert Johnson

Et tout recommencera

Ecoute le vent.
Ecoute ses rafales.

Elle annoncent enfin
la Vérité.
La seule.
Celle des hommes
et des femmes heureux.
Celle des hommes
et des femmes libres. Un jour.
Peut-être.

Regarde la mer.
regarde ses vagues.

Elles indiquent
la joie éternelle.
L'amour futur
de cette terre montueuse.

Admire le soleil.
Admire ses rayons.

Ils éclairent
la preuve
de la fin de toutes
les guerres.

Et ce jour-là.
le monde éclatera.
Et ce jour-là,
la terre se divisera
en plusieurs planètes.

D'hommes et de femmes heureux.
D'hommes et de femmes tristes.
D'hommes et de femmes guerriers.
D'hommes et de femmes de toute sorte.

Et tout recommencera.
Comme avant....

Prilly, 1973

Evocation d'une nuit passée avec vous

Les anges se sont reposés
après que vous soyez partie.
Votre halo berçait les murs.
Je suis resté dans la baignoire.
Votre corps chaud avait disparu.
J'ai voulu réfléchir seul.
Il n'est pas de silhouette si fine
que celle que vous avez déposé.
Ne me dites pas que le silence
est en affinité avec vos paroles.
Rappelez-vous que vous avez
détaché l'ambre de votre création.
Suis-je celui que vous espériez ?
Bien que je vous ai possédé,
pensez-vous m'avoir délivré tout
l'amour que vous pouviez concéder ?
Du haut de votre orgasme
j'ai vu pénétrer en vous
la destinée de vos élans vaginaux.
Je suis cet homme assis dans sa baignoire.
Je suis cet homme qui vous a aimé.
Vous avez laissé votre empreinte
sur ma colline sexuelle.
Je vous avais appelé sur l'autel
de nos sacrifices nocturnes.
Pour votre amour, j'ai juré de célébrer
les astres qui nous embrasent.
Pour votre amour, je me suis engagé
à percer la sève des branches.
Les fleurs dévoilent des roses
qui répandent le parfum
que vous avez semé autour
du sanctuaire de notre amour passager.
Avez-vous espéré mon appel ?

Pensez-vous que la sonnerie
du téléphone aurait ébloui l'instant de
retrouvez la voix que vous attendiez ?
J'ai hurlé votre nom toute la nuit.
J'ai utilisé le linge qui avait
servit à sécher votre corps ruisselant
des sueurs de notre plaisir sensuel.
Je me souviens vous avoir entendu
crier que vous m'aimiez plus que
tout être vivant au monde.
Je me souviens aussi vous savoir
suggéré les élans émanant de mon cœur.
La déclaration de votre ardeur
a enlacé l'aura de nos ébats érotiques.
Les splendeurs de la lumière de votre âme
se sont endormies contre les vignes
reposant sur les monts de notre folle nuit.
Nous avions même projeté de conquérir
l'aurore qui englobe nos peines oubliées.

Bien sûr, tu n'as pas à aimer
l'homme que tu as aimé ce soir.
Pour toi, j'ai écrit ces vers
qui te rappelleront les moments
que nous avons passé ensemble.

Pour toi.

Feed-back

Vous nous tenez.
Tous. Ou presque.

Nous devons subir
toutes vos tyrannies.
Devoir du soldat
abêti par votre stupidité.
''Courrez – Rampez dans la boue –
Obéissez – Apprenez
à tuer... ''

Ne pas dépasser la
vitesse prescrites.
''Roulez en pilote automatique –
Prenez vos vacances
aux dates ordonnées''
Roulez, moutons,
roulez.

Impôts non payés.
''Plus que deux jours''
« Sinon, plus de meubles.
Vous mangerez, si vous
le pouvez, assis
sur votre parquet.
Après, plus de ''vous'' »

Armée. Guerre.
''Vous êtes des vautours
autour desquelles
respire la honte de vos
vomissements de pourriture''
''Mais nous ne devons
pas penser ainsi ! me dites-vous !''
''Le tribunal, après

délibération, vous condamne

à six mois de prison – ferme –
pour injure au "patrimoine
national" ainsi que
pour "refus d'ordre"

"C'est ainsi, mon pote.
Si tu ne veux pas
connaître les affres de
l'assassinat conditionné.
Tu finis "hors-la-loi".
Toute ta vie"

Mais ne changez pas !
Donnez-vous la main.
Messieurs.
Vous voulez nous avilir.
Mais cela ne durera
pas éternellement.
Tenez-vous prêt.
Bientôt.
Vous serez ignorés.

Pour le bienfait
de l'humanité.

Cully, 20 – 26.03.1980

Faim de moi
(Fin de mois)

Viens près de moi.
Approche-toi.

(Tu travailles.)

Au clair de lune.
Tes cheveux.
Entrelacés.
Près de nous,
la mer se balance
choyée par le vent
gracieux du crépuscule.

(Pendant un mois.)

Je t'ai épiée.
Tes jambes
longilignes.
Percées par l'aurore,
elles promènent
leurs formes
mélangées au sable
et aux flots des vagues.

(Je n'ai gagné que.)

La joie de t'enlacer.
Le plaisir de t'aimer.
Des rayons de lumière
qui épousent un corps
dénudé par les cris
de l'adoration charnelle.
(Sète sent le vin de Troie.)

32

J'ai aimé ton sexe.
Tu m'as offert
tout ce que ton corps
abritait de chasteté
féminine.

(Tout m'a été enlevé)

Il n'y a que ton
image qui persiste.

La sirène des mers
a couché avec les ombres
des plaines désertes.

Cully, 25.06.1980

For your love

J'irais sur l'Everest.
J'irais sur la lune.

For your love.

Je t'achèterais les plus beaux bijoux
Je t'achèterais tous les châteaux d'Espagne

For your love.

Je t'offrirais toutes les voitures
Je t'offrirais de belles robes

For your love.

Je t'emmènerais à la mer.
Je t'emmènerais en montagne.

For your love.

Je me sens bientôt libre.
Je me sens bientôt voler.

For your love.

Je ferais sauter la Terre.
J'éliminerais l'univers.

Mais, je vous en prie,
rendez-moi ma liberté

Quelque part en brousse colombienne, 11.1988

Espoir

Perdue dans la musique sylvestre
La prière de notre souffrance
Appelle à la lumière des astres
Pour qu'elle nous redonne
La clarté du jour éternel.

Parsemée en nos cœurs
La semence de notre amour
Sera la puissance victorienne
Pour engendre le pardon
De nos fautes antérieures.

Je souffre de te savoir éloignée
Oh ! Toi, source de feu qui m'a
Donné la lumière de l'espoir.
Toi qui as su changer mon jardin
De pleurs en paradis de joie.

J'espère te retrouver un jour
Pour animer à nouveau
Nos amours particuliers
Sur le banc de nos élans,
Dans notre soleil solitaire.

La parole est aux enfants
Du salut.
La parole est aux nymphes
De la liberté.

Et, sur les cimes enneigées.
La petite fille en robe blanche
M'appelle et m'attend.

Quelque part en brousse colombienne, 06.08.1988

35

Et si le monde...

Et si le monde vivait sans haine.

Nous naviguerions sur la rivière
des sentiments jadis oubliés.
Nous goutterions à jamais
la présence intacte du bonheur.
Nous rallumerions la flamme
que les Malins avaient éteinte.
Nous foulerions la rosée du matin
sans crainte d'en perdre une goutte.
Nous connaîtrions à nouveau
les vertus et les saveurs d'antan.

Et si le monde chantait l'amour.

Nous chevaucherions ensemble
sur les étalons de l'immensité.
Nous réchaufferions la pensée magique
avec la force de nos esprits sains.
Nous profiterions de déguster
l'aurore retrouvée du printemps.
Nous volerions avec la plénitude
de l'aura illuminée de mille feux.
Nous attendrions les signaux
de silence, de paix et d'amitiés.

Et si le monde...

Quelque part en brousse colombienne, 08.1988

La cérémonie de la paix

En allumant la bougie en hommage
aux chevaliers ailés de la reine,
le joueur de flûte ouvrit son âme
aux confesseurs divins et loyaux.
Les soldats de l'Olympe hissèrent
le drapeau éclatant d'étoffe soyeuse,
savourant ces instants de plaisir
du haut de l'estrade des anciens.
En réponse à ce geste symbolique,
les serviteurs royaux firent sonner
les trompettes de la gloire, annonçant
le prélude de la cérémonie impériale.
Ce souffle magique fit frémir
l'oriflamme, enivré qu'il était
par l'émotion qui animait son
plaisir de présider à l'événement.
L'on fit amener, reposant sur un linge
feutré, garnie des milles couleurs suprêmes,
l'émeraude de l'empire, symbole de la
fraternité régnant en ce paisible peuple.
Une pièce d'argent sommeillait à ses côtés.

La reine parée de son manteau immaculé
arriva enfin, escortée par les vingt cinq
gardiens du temple, portant tous fièrement
le costume onirique de l'humanité.
Au loin, l'on entendait la rumeur
des populations heureuses, orchestrée
par les chants magiques des oiseaux
et l'onde légère du vent larmoyant.

Le joueur de flûte s'avança lentement
et dignement jusqu'au trône de la paix
où siégeait la reine des humains.
Il s'agenouilla devant elle afin de

lui offrir ses vœux de reconnaissance.
La reine lui fit signe de s'asseoir et
lui requit de commencer la cérémonie.

Il clamât avec lucidité et loyauté
sa fidélité à la Colombe,
Reine de la paix et de la vérité.
Il reçut ainsi humblement
la palme honorifique décorant
les meilleurs ambassadeurs
pacifiques de ce monde.

A ce moment précis, la reine
disparût peu à peu de l'écran
visuel et laissât place à une
Colombe qui s'envolât aussitôt
vers les cieux paisibles de bleus.

Et je sus que tout n'était pas
perdu pour la terre entière.

Quelque part en brousse colombienne, 08.1988

Monde nouveau

Le jour explose alors que la nuit
s'endort calmement et fébrilement.
Le soleil lance ses larmes de feu,
réchauffant nos cœurs assoupis.
Les oiseaux purifient l'atmosphère
de leurs chants féeriques.
Les fleurs encensent l'air de leur
parfum idyllique et poétique.
Les fruits enchantent par leurs
couleurs et leurs saveurs.
L'arbre de paix s'élève au
firmament céleste et pur.
La rivière déverse ses refrains
éternels et monotones.
La neige caresse le sol de ses
flocons blancs et ouatés.
La conversion de nos péchés
s'échappe de la terre.
Les traditions chantent avec ferveur
les cantiques de l'amour espiègle.
La pluie lave les plaies ouvertes
par les cruelles souffrances.
La présence de nos Dieux
surveille nos destins individuels.
Les volcans se déchainent,
ouvrant leurs gueules de feu.
L'air crache ses rayons
surchargés d'électricité.
La mer se fâche au contact
du vent colérique et piquant.
Les feuilles frémissent à l'écoute
de la brise nocturne et fraîche.
Les étoiles illuminent en secret
nos ébats intimes et chaleureux.

La nuit nous enveloppe à l'aide
de ses bras volumineux et frileux.
Et la princesse de nos rêves nous
berce dans sa robe angélique.

Quelque part en brousse colombienne, 09.1988

Te rappelles-tu?

Te rappelles-tu comment étais-tu
lorsque nous nous sommes perdus ?

En tes yeux coulaient des rivières
de sanglots noirs et tristes.

De ta bouche s'échappaient des paroles
que je ne pouvais déjà plus entendre.

Seules tes oreilles écoutaient
le vent du départ lointain.

Le crépuscule souffrait, Oh ! Douce
Orquidée rouge soufflant en mon âme.

Je voudrais vendre du soleil
mais le ciel crie son impuissance.

Je t'entends depuis l'infini. Cet infini
qui nous rapprochera bientôt.

Te rappelles-tu comment étais-tu
lorsque nous nous sommes perdus ?

Quelque part en brousse colombienne, 09.1988

Ode à un amour

Ecoutant le vent frais nocturne,
j'aspire à l'instant de te revoir.
Je sens le moment où je pourrais
à nouveau t'enlacer, te baiser.
Ton silence emplit mon âme
et mes paroles mélancoliques
crient à l'espoir prochain.
Je t'appelle de très loin
mais tu ne m'entends pas.
Seul ton cœur perçoit
les ondes fébriles émises
par nos longues prières isolées.
Chaque cigarette fumée
lance un appel ivoirin qui
s'envole inlassablement jusqu'à
ton immense océan d'amour.

je sens en moi
des étoiles froides.

Les éclairs couvrent le bruit
du tonnerre nocturne et
la pluie entre en nos cœurs
ouverts et blessés.

Amour
Ecoutons
la nuit
silencieuse
et lointaine.

Je ne veux pas que tu aies passé
dans mes bras comme les eaux
ruisselant le long de leur lit tumultueux.

Ceci est notre destin,

lourd comme un hiver
neigeux de tristesse.
Tu as été la faim et la soif
et tu seras la reine ailée des colombes.
Ton cœur est céleste et ton âme
est ornée de l'arôme humble des fleurs.
Tu m'étais, il y a longtemps, invisible.
Tu m'apparus un jour, en rêve.
Tu es sortie du berceau lunaire
pour que nous nous aimions.
et aujourd'hui, nous ne pouvons
être séparés éternellement.

Aidons la source lumineuse
à éclairer l'esprit de ceux
qui nous ont forcé
à cet isolement temporaire.
Berçons l'enfant qui va naître.
Animons le pardon juvénile.

Je te dois la lumière colorée
le feu angélique
la passion endiablée
les secrets parfumés
l'ode amoureuse
le silence transparent
Tout
Notre
Amour

Je te dois la tristesse perdue
les cérémonies célestes
la parole sacrée
la peur
la joie
la brillance lustrée
Tout

Notre
    Amour

Oh ! Doux anges
Enlevez-nous
ce
joug

Oh ! augustes puissances
Réunissez-nous
à
nouveau

                           Quelque part en brousse colombienne, 11.1988

Winnipeg Inn

Hôtel Winnipeg Inn. 17 mai 1979.
Chambre à deux lits. 23 :30.
7ème étage. Par la fenêtre ouverte,
je surveille la rue grouillante de
bipèdes errants au gré de leurs tourments.
Un film traverse l'écran de TV. Le noir se
démêle avec les blancs. Racisme.
Le néon envoie ses éclairs par intervalles réguliers.
Toutes les cinq secondes.
La fille. A l'entrée de l'hôtel.
Je l'ai vue. Pas longtemps.

Hôtel Winnipeg Inn. 24 :00.
Chambre à deux lits. Seul.
Le film est fini.
La clarté bleuâtre de la TV
caresse les murs et le plafond.
La nuit canadienne m'enveloppe.
Ses bras obscurs m'oppressent.
La fille. A quelques étages de moi.
J'ouvre ma 3ème bouteille de bière.
La capsule s'en va mourir dans la poubelle.
Un nouveau film succède au précédent.
Dehors, l'animation de la rue
est toujours aussi constante.
Ne pas y tomber. Plutôt s'envoler.
Une ondée d'étoiles traverse le ciel.
Je l'ai vue. Pas longtemps.

Hôtel Winnipeg Inn. 01 :06.
L'eau de la douche caresse
Mon corps nu.
La buée baigne les glaces.
Ne plus rien voir. Dans le néant

De l'immensité terrestre.
Le film défile toujours sur l'écran.
Elle était assise dans un fauteuil.
A l'entrée. Calme. Belle.
Elle m'a regardé. Ah ! Ces yeux !
Et toujours le néon. Cinq secondes.
A la TV, la publicité.
Toutes les dix minutes.

Hôtel Winnipeg Inn. 06 :03.
Chambre à deux lits. Toujours seul.
Les cadavres de bouteilles de bière
reposent, impuissants, dans la poubelle.
La TV s'est tue depuis longtemps.
La radio diffuse un blues.
Sortir. Se promener dans la rue.
Voir la fille. Peut-être.
L'aimer. Comme cette nuit, en rêve.
Le lit défait. Les draps froissés.
Le néon vaincu par le jour.
Une nouvelle cigarette.
La dernière du paquet.

Winnipeg. La rue. Les magasins. 08 :50.
La pluie. Une sacrée dépression.
Le passage souterrain.
Des play-boys jonchent le sol.
Femmes nues. Sexe délirant.
Elle n'était plus à l'entrée.
Ne plus la voir.
L'ais-je seulement vue ?
Etait-elle là-bas ? Assise.
Les jambes croisées. Belle.
Ais-je rêvé ?
Les voitures circulent.
Puis s'arrêtent au feu rouge.
Dociles. Soumises. Esclaves.

Hôtel Winnipeg Inn. 12 :36.

Le hall d'entrée. La réception.
Il faut payer. L'espoir de la revoir.
70 dollars. Pour une nuit interminable.
J'attends. Je crois la voir.
Mais je ne peux rester plus longtemps.
Bientôt le taxi. Adieu.
Le chauffeur a un étrange sourire.
Il conduit lentement.
Je crois la voir. A travers la vitre.
Toujours aussi belle.
Réapparaitra-elle un jour, en rêve ?

14 :20. L'avion décolle.

Winnipeg 17-18.05.1979